夏荷時節

——楊淇竹詩集

「含笑詩叢」總序／含笑含義

叢書策劃／李魁賢

含笑最美，起自內心的喜悅，形之於外，具有動人的感染力。蒙娜麗莎之美、之吸引人，在於含笑默默，蘊藉深情。

含笑最容易聯想到含笑花，幼時常住淡水鄉下，庭院有一欉含笑花，每天清晨花開，藏在葉間，不顯露，徐風吹來，幽香四播。祖母在打掃庭院時，會摘一兩朵，插在髮髻，整日香伴。

及長，偶讀禪宗著名公案，迦葉尊者拈花含笑，隱示彼此間心領神會，思意相通，啟人深思體會，何需言詮。

詩，不外如此這般！詩之美，在於矜持、含蓄，而不喜形於色。歡喜藏在內心，以靈氣散發，輻射透入讀者心裡，達成感性傳遞。

詩，也像含笑花，常隱藏在葉下，清晨播送香氣，引人探尋，芬芳何處。然而花含笑自在，不在乎誰在探尋，目的何在，真心假意，各隨自然，自適自如，無故意，無顧忌。

詩，亦深涵禪意，端在頓悟，不需說三道四，言在意中，意在象中，象在若隱若現的含笑之中。

含笑詩叢為臺灣女詩人作品集匯，各具特色，而共通點在於其人其詩，含笑不喧，深情有意，款款動人。

　　【含笑詩叢】策畫與命名的含義區區在此，初輯能獲十位詩人呼應，特此含笑致意、致謝！同時感謝秀威識貨相挺，讓含笑花詩香四溢！

2015.08.18

目　次

「含笑詩叢」總序／李魁賢　003

系列一　致新生，詠物三十

【導讀】／李鵑娟　012

雨荷　014

池　016

聖誕老人　017

新生　019

暑氣來臨　021

校園　022

隱喻　024

夏荷時節　026

旅行　028

莫內荷花池　029

晨露　031

蟬鳴與蛙叫　033

午後，濃濃睡意　035

玻璃雪球　036

荷影　037

夏日滿月　039

端午粽　040

龍宮　042

早午餐　044

熱可可　045

嬰兒床　048

產房　050

父親節　052

颱風　054

彌月　055

兩條平行線　056

瑞士捲　057

天使　058

體溫　059

呼吸，仲夏之夢　060

系列二　童言童語

【導讀】／荒井敬史　064

壁虎　066

阿嬤搖籃曲　068

秋　069

語言　070

熊　071

顏色　072

小書　073

貝殼　074

漢堡　075

星空　076

玫瑰　077

巫婆蘋果　078

鼻塞　079

花束　080

森　081

水池　082

雕像　083

汽水　084

雨季　085

音樂鈴　086

耶誕節　087

星星　088

亂髮記　089

鼓　090

夢醒　091

禮物　092

夜曲　093

音樂會　094

貓　095

機場　096

系列三　女人，成長記事

【導讀】／蘇逸婷　098

灰姑娘　101

瑪麗亞　102

女人與時間　103

擁抱　104

玫瑰　105

紅酒　106

生命　107

女人的腳　108

青春　109

母親　110

珍珠　111

童話故事　113

束縛　115

跨年倒數　116

午茶　117

冬　118

新衣服　120

連身裙　121

長髮　123

口紅　124

存款簿　125

冰箱　126

生日　127

愛情　128

相簿　130

熱可可　132

雨季來臨　133

燙髮　134

漢堡薯條　136

中年貓　137

系列四　北投‧家‧組詩十

【導讀】／高春長　140

之一：遺忘，曾一夜風華　143

之二：關渡平原　145

之三：菜園　146

之四：木瓜樹　147

之五：後花園　148

之六：關渡大橋　149

之七：櫻花季　150

之八：開往淡水列車　151

之九：北投市場　152

之十：天臺之夜　153

附錄1　英譯詩選

淡水夜景　156

Tamsui Night Scene　157

淡水老街　158

Tamsui Old Street　159

瓦爾帕萊索山城　160

Valparaiso Mountain City　161

附錄2　代名詞和標點問題：　　英譯詩人楊淇竹的三首詩

系列一
致新生，詠物三十

夏雨荷，我賦予小兒之名
生於夏
季節多雨
池盛開荷

【導讀】/李鵑娟

　　春耕夏耘秋收冬藏，每一年，我們隨著不同的年紀、身分，依著不同的目標在人生的跑道上揮灑色彩；對淇竹來說，新詩集的出版，記錄著那個孕育新生命的美好想望與真實擁抱的過程。

　　有一段時間，偶爾和淇竹聊起了身為女子的細膩與溫柔，糾結於不那麼順利地感情經歷的我，面對著散發幸福氣息的淇竹，心裡總深深地為淇竹祝福：啊！這樣一個聰慧、靈透的女孩，也難怪先生疼愛、婆婆照顧；殊不知，其實當時的淇竹也有著小小煩惱。再後來某一次的聚會中，我和珊珊一起分享了淇竹的好消息，斷斷續續地，看著、聽著淇竹由一個受到寵愛而常有無邪嬌羞的神情，轉而為臉龐漸漸流露出溫和的堅毅：參加了遠在南美洲的會議、歷經了一段生理改變的不適、進行了仍在研修的博士班課程，當然，還完成了記錄著如此心路的詩集。

　　每一位母親，在成為母親的旅程上，都有著各自的甜美與辛勞，而淇竹以著她一貫纖細地筆觸，寫下了每一個當下的片刻：夏日的綠荷、鳴蟬映照出一片美好世界的期待與興奮；為著新生命降臨而慶賀的夜蛙，陪伴著每一個安詳的寧靜；萬獸之王的蓄勢待發、凱薩與屋大維的偉岸，寄託著父母

親的想像。隨著孩子的降世,一次一次地全新體驗,勾勒出幸
福家庭的臉龐:生產時的震撼,颱風夜的父子情感,「一暝大
一寸」的悸動。文字的娓娓道來,不但使我參與了淇竹生命改
變一層層花瓣的盛開,分享了淇竹一家人凝結同心的一段段建
構,當然,更沉浸於淇竹豐沛的片片墨點中。

　　再一次、幸運地,先行領略了淇竹新作的輕風吹拂;我
相信,捧卷的您不論是男人、女人,一定都能窺出作品內的那
名為「家庭」的深厚情懷;不論是女孩、妻子,一定都能感同
身受於作品內的那標記著「母親」的繾綣依戀;也一定共同地
愛不釋手。

　　生命的延續,在每一個春耕夏耘秋收冬藏的過程中,在
每一個淇竹的涓滴筆點中;本詩集的付梓,是階段的結束,也
是期待的開始,如同淇竹角色、責任另一個里程的承擔,我給
予誠摯地、深刻地祝福!

雨荷

雨，滴滴嗒
落入荷花池
今年花未開
等待，再等待

荷葉獨自盎然
雨季過後
點，滴
淺淡花語
將驚豔夏日水池

你常帶來驚喜
為即將出生季節
增添悠然氣息
夏荷，或喚夏蓮
脫離羊水
浮出池水，那刻

準備迎接眾人讚嘆
你的獨特

雨，嗒嗒滴
落入荷花池
含苞尚未開
等待，再等待

池

光和影
折射繽紛
荷池裏憂憂暗影
猜不透
也猜不透你
隔羊水
萌發新生的好奇

聖誕老人

老人如往常
前來
無雪的臺北
被燈飾裝點成雪景
夜夜照亮童心
恍若兒時記憶
發送驚喜

老人仍依約
前來
遙想童話故事
無法拆穿的謊言
夜半遛進房間
安撫一顆顆期待
發送願望

老人依舊扮裝
前來

從年輕到老邁
包裹孩子年年長成的
喜悅
父親沾染臺北露水
堅持
發送祝福

新生

悄然，無聲無息

返臺後
愉快，隨智利旅行帶回
向你訴說
十四個秋夜晚

聆聽外，樹葉飄落

語言課
睡意擾亂法文韻律
學習等待
三小時漫長

果實種進了子宮

落葉告別秋
正歡慶生日到來

意外接獲
成長的聲音

暑氣來臨

氣溫攀升
30度……33度……36度
七月酷暑
倒數你出生，一分一秒

氣溫仍舊攀升
體溫與室溫相互疊合
融化汽泡水清涼
嘗試降低兩人溫度

氣溫持續攀升
羊水溫度同時升高
腳踢擺動抗議
一口清涼融入你手

氣溫攀升
30度……33度……36度
七月酷暑
安撫你焦躁，一分一秒

校園

記得兩年前
酷暑，待在校園
等你父親訊息
等拉丁課結束
等暑假終了

荷花池只有我徘徊
清晨，閱讀羅馬文字
返回羅馬輝煌年代
七月、八月
為了凱薩和屋大維
盛世之名
而來

兩年間
酷暑，猶記荷花池
拉丁文頭疼
卻依然記得那年夏日

羅馬盛世遺落
卻從電影重溫舊夢

兩年後
酷暑，迎接你叩門
校園荷花池盛開
飄散濃厚羅馬文化
七月、八月
Julius、Augustus
帝國盛世賦予你名
期許和勇氣

隱喻

獅，必然是你名

源自母親身分期望
從孕育新生
我遙想如何呼喚
小名像記號
標載你我聯繫
標載隱喻接軌

萬獸之王，賦予勇敢與智慧

我的愛
引領你無懼
教導你嘗試
一步步
踏入叢林探索
危險，不將卻步
生存，積極求取

萬獸之王，擁有愛與恨

成長
黑暗沼澤裏
脫身
屢屢步行
積累智慧和教訓
你需獨身一人
抓得愛
抓得恨
歷經花開花謝
感受原始叢林背後
最初情感

獅，必然是你名

夏荷時節

曾在悠然池水
遇見荷花
走在博物館外
夏荷盛開
那一年
我漫步洛杉磯

曾在燥熱暑氣
遇見荷花
走入校園林蔭
特地尋荷
那一年
我闖進上帝懷抱

孤獨中
驚見智慧
沉思中
發現暗示

夏荷時節
你生命
孕育希望

旅行

四個月
小手小腳逐漸成形
在羊水，沉睡

第一次旅行，帶著你
來東京
熟悉與不熟悉
書本內，視覺外
古老中誕生的新
尋訪陌生足跡

不斷走路
不斷哼歌
讓你嗅覺東京
曾經J（你父親）誕生之地

四個月
小手小腳逐漸成形
在羊水，甦醒

莫內荷花池

荷花安詳睡夢

如你深睡

整晚不斷踢動

證明想長大欲望

晨風吹動

睡意驅使你入夢

鳥叫蟬鳴

悠遊在羊水

眠夢

池水陽光折射

綠影深淺交錯

莫內眼裏

那一刻

記錄在畫筆顏彩

沉靜

暗藏騷動

隔層羊水觀看

外界花綠盎然

模糊記下

有一刻

探知池水外紛雜

躁動

隱藏寂靜

晨露

夏日八點鐘
晨露未蒸發
水滴攀附荷葉
燥熱沿水池溫度
蔓延

我走在懷孕後期
初陽升起
趕往學校路徑
汗水沿荷葉滑入中心
燥熱隨兩人體溫
蔓延

我無知
鍾情猜測你純潔意念
每秒胎動
幻想祕密暗語
源自深層羊水波紋

到校後
臺上老師理論橫飛
你不時依循節拍
附和新生兒發展和照料
腳力鏗鏘

我走在懷孕後期
夕陽將落
轉往回家山坡
汗水沿荷葉滑入中心
累感隨兩人體溫
蔓延

蟬鳴與蛙叫

唧……唧……
仲夏蟬鳴
炎陽催促情愛
雄蟬等待青睞
收縮腹鳴

依照旋律
打節拍
鼓動手腳
親近七個月後
耳膜振動

呱……呱……
仲夏蛙鳴
夜露散播情愫
雄蛙尋覓求偶
鼓動鳴囊

夜半醒來
側身聆聽
親近夜曲旋律
曾是蕭邦為失眠人
抒情彈奏
夢，一曲夏日戀情呀！

午後，濃濃睡意

自從你來

午後，日照和煦

濃濃睡意

打動理性之心

恍惚聽聞你氣息

入眠

身形捲曲

猶如黑白超音波

你安穩握拳睡姿

血液逐步慢速

緩慢進入夢寐

忽然

一腳踢出

掌印深深留在肚皮

無意識

安撫……安撫……

把美夢傳達你手心

玻璃雪球

搖晃搖晃
雪花從天而降
隔著透明布幕
敲響
緊閉門窗

搖晃搖晃
母親忙碌準備
球內糖果屋
欣喜
裝滿房間

搖晃搖晃
雪花從天而降
遇聖誕節前夕
你乘糜鹿送禮車
落入
祈願襪袋

荷影

荷影上花語爭豔與騷動

汪洋池水

吹來夏日涼意

超音波顯影

正看反看

見不到醫生的瑞智解說

笑或哭

影像傳達不出變化

超音波顯影

紀錄片面器官輪廓

醫生尤為在意

衡量體重

衡量心跳

衡量身長

荷影下暗藏憂鬱與悲哀

隔一面池

相機如何捕捉

夏日滿月

月，幽暗天際

點亮一道曙光

月，寂靜子宮

穿透一絲溫暖

蟲鳴打破你我之間

沉默

心跳雙調，依序

此起彼落

端午粽

無法通過血糖值
標準
幾刻度距離
隔絕米飯與蛋糕

彩繪鍾愛點心
一張一張
望梅止渴
你吃糖欲望
卻不斷抗議

端午過後
你才出生
粽香陣陣撲鼻
引領味覺
仍舊無法抗拒
相隔一層羊水

絕緣端午

絕緣粽香

隱忍

幾刻度距離

龍宮

大腿骨長度
領先孕期兩周數
嘗試腳力行動
伸直，彎曲
彎曲，伸直

一座為你建造
龍宮
伴隨成長增建
蝦蟹點綴睡夢
美人魚歌唱
飲用海底運輸
山珍海味

悠遊東西
悠遊南北

龍宮逐漸膨脹
外出返家
數公寓樓梯的超載
伸直，彎曲
彎曲，伸直

一座為我建造
溫馨
伴隨你成長擴建
音樂鈴入夢鄉
玩偶熊踢走孤單
童話書連起
美好世界

早午餐

羊水刻度持續上升
睡意濃度逐漸增厚
愛睏晨間
逾十點，甦醒

早午餐喚醒一日暖陽
胃口仍躲藏到肚子內裏
不吭聲
計算預產時刻表
沙漏未落下的168小時

法式吐司
希臘蛋捲
美國脆薯
引誘緊張與恐懼
填飽希望與信心

熱可可

J又開始忙碌

早出晚歸

動畫界生態

作育3D物件生命

精雕栩栩

一片餅乾

一只紅杯

一隻玩具熊

喜歡流連咖啡店

喝咖啡

換成喝可可

忙碌之餘

J常牽著肚子裡的你

聞餅乾

聞咖啡

聞愛情

記得
J做過一支短片
有餅乾
有紅杯
有玩具熊
那是洛杉磯的家
紅杯咖啡香
呼喚早晨清醒

最近
你不安要求喝可可
早晨翻動聲音傳來
相隔一望無際羊水
欲望逐漸甦醒

擺好動畫場景
餅乾
紅杯

玩具熊
喚起你愛的記憶

嬰兒床

龐然大物
遙遠工廠運來
宅配工　細心搬運
一片片柚木拼圖
尚未拆封

耗費時間　展開組裝
臆測你喜歡的顏色
遙想你喜歡的形狀
床置放在我眠夢附近
正一片片拼湊

小床　足夠伸展想像
小床　貼近母親子宮
脫離羊水搖籃
學習適應新生
你呼吸　仲夏夜夢
你呢喃　蟲鳴鳥叫

轉眼　成長搖籃曲
已一片片完成

笑與哭
床　將伴隨
驚奇探索
你童年

產房

寂靜

我所能描述

助產士鼓動

穿透不進耳朵

無法形成共振聲響

盪漾失焦

寒意

我所能知覺

酒精撫過後無菌

冷然進了皮膚

無法促使肌肉使力

陣痛持續

閉起雙眼入夢

醫生與助產士忙碌不停

哭聲，衝破寂靜
哭聲，衝破寒意
溫暖穿透我心

父親節

颱風來襲
行道樹隨風雨飛舞
折斷了過節的心
你無法適應突如驟變
與豪雨一同焦躁不安

外邊電箱砰然巨響
驚嚇你睡意
也截斷電力的來源
燥熱蔓延至窗邊
堵住一絲絲涼意
手電筒平息深夜恐懼
正計算電池效力

時間分秒流逝
電力不來
節日將盡
你用哭聲抗議

第一個父親節夜晚
疲憊在父親懷抱中
微笑

颱風

雨，敲擊夜晚
落入心靈的
水花
驚動淚水
風，叩打白日
溜進手心的
寒意
無法丟棄

啼哭，哇……哇……

彌月

30天，生命界線
拜神為求平安長成

彌月日
劃開初生懵懂
長輩大肆歡慶生之宴
油飯禮盒隨即迎上喜悅
麻油雞酒醉了無數人心

30天，生命界線
宴客為求滿載祝福

祝福聲
來自家族人笑臉
把母親的愁抹平
把母親的淚拭去
明日，又是另一30開始

兩條平行線

曾經，平行線在生命之始
有了交叉

你呼吸臉龐
微弱宣告
生命的韻律
後來，平行線持續前行
時近時遠

你臉臉微笑
大力綻放
成長的繽紛

迎向新生
迎向渴望
迎向晨起芬芳

我們同在生命平行線
對望時間，絢麗流逝

瑞士捲

捲子蛋糕
包裹布丁與奶油
白酒濃郁發酵後
香甜，撲鼻到來
貪看
隔一面窗

窗反射你的垂涎
尚未長牙
味覺卻早先萌芽
聞嗅自動門內
溜出香氣
牙牙叫喊
欲跨越窗的阻隔
還有……
牙與牙齦，慢速長成

天使

嗚嗚嗚
世界非我想像
一再聽聲
一再聞嗅
一再貪看

嘗試記住
模樣，形形色色
身影，黑白明暗
女人雙手
搖呀搖
黑夜逐漸褪色
搖呀搖
冰冷瞬間融化

黎明彩光
天使，羽化入夢

體溫

夜晚，涼意之秋
出生兩個月
仍不斷適應身體內外
溫度萬變

涼，蘊含不安
體內瞬間躁動

哭，抗議變化
哇哇哇

母親安撫哄睡
隨躁動，心
溫度高高低低

呼吸，仲夏之夢

抽噎驚起
努力擺脫睡意
仲夏夜，漫漫長
吞吐暑氣
揮拳腳踢

無法接連美夢
片刻驚醒
仲夏夜，漫漫長
懷抱哭聲
心慌走動

母子夜裡奮戰
耐心和渴望
垂掛天平兩邊
搖擺不定

夜更深沉
牽動雙方平衡
夢，此刻展開
呼吸
筋疲力盡過後
香甜

系列二
童言童語

為兒作童詩
我開始用童趣
觀看生活

【導讀】 ╱荒井敬史

我跟楊淇竹是輔仁大學博士班的同期。

我們一起上課的那時候，他的感覺就是良家的年輕女孩子。

我還記得充滿好奇心的淇竹聆聽我的不流利的中文言論的樣子。

（感謝你那時候忍耐著聽我的中文）

為了討論淇竹出版這次的新詩集，見他時，他帶著小男兒已經是個可靠的保護小孩子的真的媽媽。若以日本風的方式來形容他，最近的他的感覺就是山手方面的高品位年輕太太吧。

可以說時間過得那麼快，也可以說我已在臺灣那麼久。他是媽媽了。我也開始在輔大教書了。我跟他討論時候，我感覺到各自都有開始新的人生階段。

這次的新詩集是淇竹的第二本（已算是臺灣的主要詩人之一吧）。主題是他的年幼兒子。天天照顧年幼兒子的生活中，仔細觀察自己的寶貝，想像寶貝的內在來編出來新詩。模擬兒子的視線來創作。

對小寶貝來講，父母的存在實在很偉大。只能靠父母來出現到這個世界，可能是個有點不安的冒險，也可能是個可以感覺到父母的愛的心體驗。

　　父母跟小孩子的連接就是愛本身。看到淇竹抱著兒子的模樣，讓我想我跟我媽媽的關係，引發我小時候的回憶。對一個人住臺灣的我，見到這樣的母子親情關係就是個很有意義的，讓我聯想很多事情的珍貴機會。

　　這次的新詩集，以幼子視線來描述祖母（作者的婆婆）、祖父（作者的公公）、父親（作者的先生）、母親（作者）。

　　年幼兒子看到壁虎就會想到壁虎在找他的爸爸。表達無論是壁虎或人類，都需要爸爸的〈壁虎〉；表達祖母的溫柔感覺的〈阿嬤搖籃曲〉；表達媽媽之愛的〈語言〉等；許多都在描述家人跟兒子的關係。

　　一般來講，臺灣人的家族關係比日本人濃厚得多。看淇竹新詩，我們讀者就會感覺到養孩子不只是母子關係，必然是家族全體關心的事情。這點臺灣跟日本沒有差。詩作中最常出現的人物是父親。我想到作者心理方面怎麼靠自己的先生、家族、夫妻、母子都是愛本身有關的事情。寫詩應該是最適合描述「愛」的方法吧。

　　雖然對媽媽來說自己的寶貝是自己的分身，還是會想像別人的心境來寫出有現實性的詩作，是個了不起的事情。所以看詩集《夏荷時節》，讀者可以知道作者的詩作能力很高。

　　我想，閱讀詩集的讀者一定會回想自己的家庭，也可共鳴。

　　出現在詩集裏面的人物都是淇竹的家人。但我相信，讀者一定在其中發現自己的家人寫在詩裏面。

　　感謝這次給我寫導讀的機會。得到這種機會就是我的光榮。

壁虎

奇怪聲音，唧……唧……
從牆壁暗暗角落傳來
害怕，混合唧……唧……
躲入爸爸懷裏
父親另一手順勢驅逐這隻蟲

佈滿樟腦油房間
爸爸說：
一隻壁虎，別怕！
牠專吃蚊子與小蟲，
晚上你就不會被蚊子叮。

隔天，又聽見唧……唧……
鼓起勇氣去尋找
牠沿書櫃行走
吻合書櫃的褐色
奇怪，該不會房間蚊蟲寄生？

半夜，又聽見唧……唧……
很少被蚊蟲叮咬
我想，牠並非來找食物
也許先前驅趕是這隻壁虎的父親
日日夜夜尋找
爸爸懷抱

阿嬤搖籃曲

記得一首搖籃曲
當我哭聲淒厲
懵懂無知
隨即被阿嬤懷抱，搖晃
搖呀……搖呀……
輕柔聲音，瞬間入眠

記得一首搖籃曲
當我身體不適
肚痛難耐
隨即被阿嬤懷抱，搖晃
搖呀……搖呀……
心情沉穩，眠夢展開

記得一首搖籃曲
當我開懷大笑
搖呀……搖呀……
船，擺過淡水河
和煦西夕一同搖擺

秋

收到一張相片
自父親工作城市
楓葉在林蔭中
陣陣發寒

寄去一張相片
自佈滿紫花街道
水黃皮在盎然中
落下思念

語言

依依阿阿
說著我能懂的語言
向世界訴說
餓了
冷了
痛了

逐漸長大
一一二二
說著我學會的語言
向父母訴說
疲倦
生氣
渴望

嘴飲牛奶，吸著母親懷抱的
暖流，我用語言
體會生命

熊

爸爸常給我看相片
一張有熊陪伴
嬰兒那時，為了緩和哭聲
拿熊說床邊故事
忘記多少夜晚
故事陪伴我睡眠
現在，擁抱熊
也擁抱父親

顏色

黑與白
我剛探索新生命
眼前，父與母
看得模糊
黑頭髮
白襯衫
黑眼珠
白背心
拼湊疼愛的黑與白

小書

小書藏有一隻隻動物

尾巴搖擺在外

狗、雞、鴨、貓、豬

撫摸爭奇鬥艷

穿過一頁頁圖案

到老曾祖母農場，那時

她身影

穿梭菜園與稻田

留下我觸摸一痕痕

歲月的手

貝殼

想努力聆聽
貝殼另一端
美人魚的
眼淚

漢堡

麵包與麵包
夾緊洋蔥、生菜、番茄
厚實牛肉排，列在中
沒有喘氣空間
如放滿書的架上
再多一本，美味就散落

星空

夜空星星
無數失眠小時
掉落在床鋪
點燃
一千零一夜的夢

玫瑰

我是小王子心中
憂愁的玫瑰
獨一無二，卻又任性難耐
呵護置放入玻璃罩鐘
日夜，細心守護

有一天，父親離開了玫瑰
為工作，跨越無數城市
尋找夢想彩色泡泡
遇見狐狸，了解思念
日夜，牽絆於我

巫婆蘋果

鮮豔五爪蘋果
來自童話的毒藥
端詳左，端詳右
聞嗅左，聞嗅右
咬下瞬間
畫紙隨之破碎
公主故事像氣球
戳了一大洞

鼻塞

淚，無心流過多
鼻子不通了……
空氣進退兩難

寂靜，在身體打轉
將睡眠趕走
數著千隻羊，於事無補
沒法流動溪流，魚群也噤聲

花束

生日花束
從父親手裡進門
滋潤母親笑容
綻放　百合香氣

生日花束
從青春逐漸老邁
時間在每一年
走進　記憶相簿

生日花束
凋零到只剩脆弱
生命一點一滴
壓乾　植入心田

森

綠葉，森的裡層
被遺棄
秋天離開了
藏不住的思念
被捕捉
烏鴉，嗚啞嘶吼

水池

混濁池水
照出綠葉樹蔭
魚把負荷帶入池底
剩下輕飄飄倒影，與
一個個生人面孔

雕像

你與我玩遊戲
閉上眼，一二三
栩栩如生的
人像，凜然不動
我扮演鬼，抓到
時間滄桑

汽水

搖一搖
泡沫，咕嚕咕嚕
瓶蓋悶住蓄勢待發
說不出口的暗戀
等，待

雨季

屋子悶熱難耐
開了窗，雨的濕氣
像打翻玻璃水杯
浸溼我乾燥花的心

音樂鈴

嬰兒床音樂鈴
隨著旋律，轉呀轉
小白羊立在旋轉鈴
跳，夜夜失眠的舞曲

耶誕節

繽紛彩樹，插上電
捕捉冷冬一陣風寒
街頭可見偽裝童話老人
發送愛與溫暖
他等待雪橇麋鹿，四處尋覓
裝飾臺北街頭

星星

尋覓夜空裏

晶亮珍珠

霧霾阻斷了

層層思念

留下窒息

灰

濛

濛

亂髮記

一、

烘烤出爐的丹麥吐司
香味在膨脹中四溢
酵母粉功效
彷彿也發酵於我頭
毛髮不停澎脹
如即將出爐，熟透麵包

二、

無須電棒
無須烘染
一頭豎立毛髮
捲曲而偏棕
隨我心掠過眾人驚奇

鼓

咚……
握拳拍
咚……咚……
雙手打
咚……咚……咚……
拿棍子敲
回音震碎多夜美夢
惱人時差
調適中

夢醒

哇哇哇

在夢中啼哭

多彩泡泡自腳底竄出

止住我的淚

追逐飄動繽紛

藍天吹來秋季涼意

手舞足蹈

嬰兒床上，躁動

甦醒……

禮物

無雪耶誕夜

我的聖誕老人忙碌
在遙遠加拿大東岸
沒有長假
工作，工作，工作

這次DHL充當信差
把耶誕老人思念
送回臺北

禮物，濃厚飄雪味

夜曲

失眠時，我記得……
母親開始說故事
為尋找眠夢因子
走進薑餅人世界

失眠時，我記得……
父親開始歌唱
為緩和情緒失控
跌落愛麗絲兔子洞

失眠時，我記得……
身體輕靠在鋼琴
學習音符彈奏
墜入蕭邦迴旋夜曲

音樂會

用哭聲驚動
尋常人
哇……

雙眼張望
搜尋同頻率
哇……哇……

共鳴聲傳來
唱起和絃節奏
哇……哇……哇……

音樂會將開幕

貓

如雕像靜默
一隻白底斑點貓
悄然穿梭
靜……悄……悄

我放聲大哭
驚不起他的慢條斯理
遙遠相望
靜……悄……悄

睏了，睡在地板
角落發出冷冷敵視
拉鋸地盤之爭
靜……悄……悄

機場

第一次去機場
為了送父親
我急忙張望陌生
看板、大廳、人來人往
卻忘記道別熟悉
父親身影、衣飾、氣息

重感冒
一週，測量離別後的鼻水

第二次去機場
為了迎祖父
我定神瀏覽人聲
來自日本、香港、韓國
卻意外接到上海冷意
祖父西裝、溫度、氣味

夜啼哭
一週，宣告分離間的思念

系列三
女人，成長記事

女人擁有祕密
埋藏內心
觀看許多友人與自己
將故事
頌詩

【導讀】 ／蘇逸婷

　　「女人，成長記事」共收錄短詩三十首，詩人淇竹依女性成長為創作主題，利用這三十首詩呈現出來的寫實意象和詩中常見的第三人稱視角，來紀錄現代社會裏常見的女性成長歷程。在本系列「女人，成長記事」，淇竹主要以「婚姻」為書寫女性成長之分野。她一方面感嘆地述說了一位女性結婚前對愛情的不安、憧憬和執著；另一方面，又懷著對婚姻又愛又恨的矛盾心態，試圖抒發女人婚後嫁作人婦身兼人母的苦甜交雜的情感。其中，又以後者這類描寫女人婚後生活的甘苦詩為多。相較之下，那些形容婚前少女對愛情的甜蜜渴慕和無情歲月的忽視等天真詩句，彷彿都被婚後排山倒海的俗務和永無止盡的沉悶給吞噬了。而女性的婚姻生活在懷孕生子後，其苦處更是一言難盡。

　　淇竹在本系列，刻意以〈灰姑娘〉與〈瑪麗亞〉兩首詩呈現的意象，將嫁作人婦的女性比擬為童話故事中的灰姑娘，以及傭人的代名詞瑪麗亞，側寫妻子不僅得去做相當於灰姑娘被迫從事的家務勞動，還必須像看護般，時時刻刻守在嗷嗷待哺的嬰兒身邊，不求回報地細心照料他的生活起居。甚至，在〈青春〉一詩，淇竹更毫不諱言地明喻婚後女人如「技工／在工廠，不斷重複／無需腦力」的家事；又「像苦力

／在工地，挑磚漆牆／蠻力大增」。最後，在婚姻與育兒生活的磨練之下，淇竹以略帶嘲諷的語氣，訴說所謂為母則強的含意：「女人被訓練／一個個堅強不掉淚」，似乎暗示女性一部分的自我成長，在某種程度上需要透過婚姻經驗中獲得。然而，這種需要從婚姻獲取的自我成長，泰半是身不由己的，它並非出於那種自願的苦煉或修行。此外，生下孩子以後，夫妻兩人的甜蜜時光也難再追尋，竟成了婚後的女性「遙想」過去的對象之一（見〈女人與時間〉）。

從這一系列過半數的詩中，讀者得窺見家庭之於已婚女性，其實是無形的約與束。淇竹更以〈愛情〉援引克拉拉的故事，講述少女時期的克拉拉如何因渴望愛情，步入與舒曼的婚姻，轉而放棄成為音樂家的夢想，將餘生奉獻給家庭的事例，藉此描述婚姻的束縛對女性往後人生規劃的重大影響。淇竹於〈愛情〉如此描寫克拉拉終日為家務操勞，幾乎無暇發展個人音樂事業的婚後生活：「婚後短暫幸福／卻被家事育子牽絆／她無法彈奏／陷入嬰孩哭聲裡／房門隔起丈夫創作心靈／房外鍋碗瓢盆吵雜相撞」。前述這段詩句形容婚姻對夫妻兩人而言，如同桎梏，不禁令我回想起歷史上也有類似的記載。中世紀法國士林哲學家 Peter Abelard 的女伴 Heloise 為不妨礙 Abelard 專心發展其學術生涯與名望，以「婚姻是研究哲學的阻礙」這樣的理由，極力勸阻 Abelard 不走入婚姻。Abelard 在其自傳性作品《我悲慘的一生》（*Historia calamitatum*）引述 Heloise 的話，寫道：「為了哲學研究這類學問，它是人生的

至誠所在，我應該要將婚姻此種阻礙置於一旁。在學生與奴僕、創作與搖籃、書本、文具與女紅之間，是否有取得平衡的空間？事實上，是否有人，當他非常專注於哲學思考，還能夠承受幼兒的嚎哭、哄嬰兒的搖籃曲，還有男人女人為了家務引起的紛爭？」（36; 38）[1]

我不知道身為詩集作者的淇竹面對婚姻的看法為何，是束縛抑或阻礙？不過，本系列詩在呈現女性婚後的生活時，讀者經常可以感受到詩中常存有一絲絲遺憾。這樣的遺憾到底是為了逝去的愛情、曾懷抱著的夢想、自由，還是青春歲月，確切的情況讀者不得而知；但卻足以意識到，正是因為女性走入婚姻，她在婚後的這段成長歷程，不只有甘有苦，還留下鮮為人知的遺憾。淇竹在本系列大量描摹了女性婚前與婚後生活形成的強烈對比，讓身為讀者的我看到，女性那段曾若鍍了金的年少時光，現在，竟因婚姻而顯得如此暗淡無光！

---

[1] 此段摘錄自《我悲慘的一生》的拉丁文原文為："Ut autem hoc philosophici studii nunc omittam impedimentum, ipsum consule honeste conuersationis statum. Que enim conuentio scolarium ad pedissequas, scriptoriorum ad cunabula, librorum siue tabularum ad colos, stilorum siue calamorum ad fusos? Quis denique sacris uel philosophicis meditationibus intentus, pueriles uagitus, nutricum que hos mittigant nenias, tumultuosam familie tam in uiris quam in feminis turbam sustinere poterit?"

中文部分為我本人所譯，引用的拉丁文本為 Luscombe, David. *The Letter Collection of Peter Abelard and Heloise*. Oxford: Oxford UP, 2013.

灰姑娘

沒有後母
沒有壞姐妹
灰姑娘依舊存在
不停地勞作
東，擦窗戶
西，吸地板
左，搖抱嬰孩
右，煮飯洗菜

她是……
躲在層層公寓裡
男人的妻

瑪麗亞

瑪麗亞，瑪麗亞……
換尿布
一小時二次

瑪麗亞，瑪麗亞……
來餵奶
二小時一次

瑪麗亞，瑪麗亞……
要哄睡
一天無數次

時間在反覆公式，消逝
生活在女佣行徑，遊走
女人日日夜夜
付出無償
懷抱幼小嬰孩

女人與時間

年輕時
化妝扮成熟
恨不得早日脫離母親

成熟時
妝點成少女
恨不得早日擺脫歲月

變成妻子時
遙想青春年少
眾多密友共享的午後

變成母親時
遙想新婚前夕
眾多與夫甜蜜的夜晚

擁抱

敞開雙手
簡單，容易，向友人告別

敞開雙手
熱情，衝動，向情人招手

女人擁抱中
渡過悲歡離合
惜，
抱不住
時間的流沙

玫瑰

情人節前夕，玫瑰
向戀人訴情

生日前夕，玫瑰
向時間告別

生病時刻，玫瑰
向虛弱加溫

分手時刻，玫瑰
向舊愛再見

紅酒

典藏
一瓶紅酒
葡萄揮灑香氣

濃醇，擺上都鐸王朝餐桌
安傅林皇后的心機
留在斷頭臺
一口冰冷血腥

滑順，擺上漢普敦宮宴席
伊莉莎白一世的理智
留在歷史書
一口溫和清香

生命

女人有了小孩
體會青春

從懷孕那刻
生命擁有雙聲調
喜怒哀樂
不自覺流淚

思索，懷孕前
生活獨奏小夜曲
事業起伏
輕鬆迎刃難關

而今，生產後
提琴與鋼琴合弦
脫軌音階
不斷演練相同曲目

女人的腳

踏出家門
女人讀書，口說流利英文

走出國門
女人旅行，探索外界新奇

擁抱戀愛
女人卻步，思索未來歸屬

擁有婚姻
女人安適，藏起腳之衝動

青春

家事不斷重複
女人任技工
在工廠，不斷重複
無須腦力

家事逐漸倍增
女人像苦力
在工地，挑磚漆牆
蠻力大增

女人被訓練
一個個堅強不掉淚
卻有玫瑰易凋零
青春

母親

哭聲改變女人身分
來自嬰兒嘴裡
急需安撫

笑聲改變母親容顏
來自嬰兒心情
感受安適

時時刻刻
女人心繫嬰孩
憂愁是否吃飽
擔心是否著涼
牽掛是否健康
等待一句，「媽媽」呼聲

珍珠

多少傷心夜晚
眼淚是珍珠
期待情人顧盼

時間在彼此國度
延伸
望向異地
分隔兩處的他

想留住年輕的愁
想留住短暫的愛
卻留了一張張時間記憶
電影院票根

多少傷心夜晚
眼淚是珍珠
期待故事結局

情人在身分界域
昇華
對望深情
戒指告別孤獨

童話故事

公主與王子，幸福快樂生活

女孩，藏在內心的
塑像……眉目與嘴
啊！王子

公主與王子，幸福快樂生活

少女，舞在內心的
女伶……花朵與吻
啊！暗戀

公主與王子，幸福快樂生活

妻子，躲在內心的
祕密……時間與初戀
啊！青春

公主與王子，鎖入玻璃櫃
故事禁錮自女孩
童年
女人，努力，幸福快樂

束縛

一條繩
不斷牽引時間
尾巴

時間
不斷綁住女人
青春

時間迴旋圈
女人束縛在繩中
陷入家庭

跨年倒數

3，2，1
新年快樂

五十以上
女人
看電視不數

三十歲女人
睡夢中倒數

二十歲女人
煙火中倒數

未滿二十
女孩
待在家倒數

3，2，1
新年快樂

午茶

嘰嘰喳喳
城內
咖啡店
閒人
嘰嘰喳喳

女人獨自一人
避開吵雜
享受午茶暖陽
室外
罕有人煙
山林

冬

冬
總少件衣服
合搭季節

衣櫥
一部分過季冬衣
一部分春夏衣物
一部分空缺
等待填補

冬
總少些食物
歡慶歲末

冰箱
一部分蠟黃葉菜
一部分冷凍魚肉
一部分空缺
等待採買

接近年終
女人發了瘋
刷卡，拼命刷

新衣服

新品區
冷清清
店外寒風襲來

特價品
9折，7折，5折
一路狂飆
十一月開始週年慶
百貨公司暖氣
接著來

女人挑選
特價品
一件一件

連身裙

女人回憶少女時

想化妝

想美麗

想與眾不同

準備遇見

童話故事王子

王子沒遇見

收集好幾回失戀

獨自看電影

獨自喝咖啡

獨自尋找流星

準備迎接

人生事業巔峰

櫥窗內溫柔連身窄裙

女人喜歡的紅

回憶起年少……

櫥窗外返照深黑套裝
衝動打破不了玻璃
靜……默……30秒
女人火速躲進另間店
挑，套裝
黑黑黑

長髮

為了氣質
為了美麗
女人開始留長髮
裝扮給眾人
給家人
給情人

觀賞

口紅

桃紅
依循潮流
妝點

橘紅
亮麗青春
加分

深紅
莊重氣質
動人

唇，穿著光鮮外衣
掩飾
口紅底
失色胴體

存款簿

單薄本子
存蓄大筆鈔票

第一個千位數字開始
女孩汲汲營營
打扮

第一個萬位數字開始
女人心花怒放
採買

第一個百萬數字開始
女人憂柔寡斷
投資

第一個千萬數字開始
女人小心翼翼
男人

冰箱

冷藏低溫
無法凍結剩菜
細菌蔓延
吃進肚隔夜菜
從嘴開始發酵
男人不耐煩
口出穢言
女人不服輸
大吐穢氣

打開冰箱
冷，隔絕彼此悶氣
女人拼命找甜點
男人索性買甜點

關起冰箱
男人女人回歸日常
上班下班
煮飯洗衣

生日

燃起蠟燭
昏暗燭光
仍映照細小皺紋
用力吹
吹熄一整年烏煙瘴氣
女人，瞬間年輕

愛情

閱讀克拉拉愛情
她為了舒曼
不惜和父爭執
少女情意表露琴鍵
初戀在樂譜
蠢蠢欲動

婚後短暫幸福
卻被家事育子牽絆
她無法彈奏
陷入嬰孩哭聲裏
房門隔起丈夫創作心靈
房外鍋碗瓢盆吵雜相撞

丈夫終日憂鬱
童年稚子懵懂無知
她轉身開啟另一扇門
開始演奏
紛擾噪音瞬間平息

遇見布拉姆斯

愛情堵在牆外

她有牽絆

沿著牆，他們僅訴說樂音

相簿

女人喜拍照
年輕笑容燦爛
她回憶
夏日午後
無心上課躲入陽明山
賞春天

女人喜拍照
大學畢業時靦腆
她心想
急忙賺錢
打工日子終升正職
離依靠

女人喜拍照
與情人甜蜜合影
她記錄
一抹微笑

瞬間竟變成過往
傷愛情

電子檔相簿
儲存栩栩如生
可惜愛情，無法儲存
可惜青春，無法儲存
六年人事變遷
筆電疲倦進入休止狀態
封存一張張
笑臉
她

熱可可

冷冬
熱可可
一杯

傳達熱戀
從情人手中

傳達溫暖
從丈夫手中

傳達喜悅
從孩子手中

女人飲
冷冬
熱可可

雨季來臨

大雨斜落到窗
滴滴嗒嗒
窗外
窗內

水，滲入屋舍
像未上妝女人
暗沉

溼，瀰漫房間
女人脾氣暴躁
不定

男人家裡走動
雨季來臨
無視

燙髮

女人燙一頭烏溜溜
或捲或直

直髮進入沙龍店
造型師一頭頭接手
捲子夾捲起時間直線
等待彎曲
藥水肆意揮灑
等待定型
強韌經不起化學藥劑
終究屈服美麗

二小時後
泡麵，泡爛了

捲髮進入沙龍店
毛躁蓬鬆驚嚇眾人
離子夾撫平個性焦躁

等待燙直
藥水鬆脫剛強
等待烘乾
時間馴服急性子
毛髮服貼乖巧

二小時後
天使細麵，涼透了

漢堡薯條

漢堡薯條
絕配
不管托盤有無炸雞、玉米、蘋果派

男人女人
絕配？
不斷爭吵
晚飯，該吃什麼！

中年貓

中年肥胖貓
挺一大肚
哈欠連連
慵懶賴臥沙發
整日看電視

女人轉搖控器
一同墮落

系列四
北投‧家‧組詩十

婚後，搬遷至北投
別於前半生的記憶
——構築中

【導讀】／高春長

　　有天淇竹告訴我，要我為她的新詩集寫導讀，我問她這次的題材是什麼？她回答說是有關「北投」，我不加思索的就答應她沒問題。我心想在北投出生，除了服兵役和國外留學期間曾短暫離開北投外，幾乎可以說是世居在這個地方已超過一甲子。雖然離開學校後，不曾再著墨任何文筆，但應該還有自信對我成長的這塊土地，敘說出我最直接的感觸，讓更多同好能一起來品讀她的文彩。然而讀過她的文稿後，我發覺我錯了，這麼多年來我不曾認真的有深度的去面對這塊包容並養育過我的故里。於是，我嘗試讓自己暫時回到求學時代的心境，隨著淇竹的詩集《夏荷時節》讓時光倒流，把過去的不留意與模糊的記憶，一點一滴的再慢慢地架構回來。

　　當「櫻花燻落／北投地熱向春季招手／告別旅人散步影子／夜，悄然渲染溫泉街……」（〈遺忘，曾一夜風華〉）映入我的眼簾，我直覺「北投」和「地熱」似乎很自然的被連結再一起，其實這是先住民對大自然的崇敬，他們認為地熱谷會冒白煙是因為女巫施法的結果，所以就以PATAW（平埔族巴賽語意為女巫）作為地名，PATAW音似臺語「北投」，漢人來後就以「北投」延續此早年地名至今。我所就讀的初中（現在的北投國中）正好座落在光明路與溫泉路之間，從學校

往上走大小溫泉旅館就錯落在幽靜山道兩旁，旅館的外觀和名字與日本溫泉勝地熱海或別府很類似，原來這裡也曾是日治時期日本政商名流薈萃之地，光復後更曾是商賈留連忘返之處，在日本已消失的那卡西曾盛行一時，也孕育了好幾位讓臺灣人喜歡的歌手。如今女巫不見，走唱藝人也不再穿梭在大街小巷，昔日華燈初上觥籌交錯鶯鶯燕燕婆娑起舞的景象更不復在。真如淇竹所說「遺忘，曾一夜風華」。

如果我沒記錯，淇竹自幼是在基隆長大現家居北投，正好在「基隆」和「淡水」這兩條河會流的地方，先住民平埔族稱他叫「甘豆門」，也就是現在的關渡平原的最西端。從這裡放眼四周，一棟棟高聳林立的大樓矗立在大屯山系山腰，綿延至林口臺地，讓臺北盆地變為不折不扣的水泥森林，只剩下水鳥保護區和侷限在北投周邊的幾畦稻田和老祖母廝守不棄的菜園。淇竹敏銳的觀察到從淡水河口的左岸十三行遺址的八里坌，溯河而上通過「艷麗紅」大橋（〈關渡大橋〉），到「甘豆門」再往前走是「嘎嘮別」（現桃園里）、「北投社」、「唭哩岸」，這些地方都曾經有過先住民走過的痕跡，也是野鴨、燕子定時造訪和鷺鷥、烏秋等常客的棲息地。曾幾何時快速行駛的捷運，取代了柴油列車和喘喘怒冒白煙的老火車頭，同樣載運著人來人往，只是歲月快速流逝，當時的年少男女都已近花甲垂垂老矣。可是，淇竹驚見到老祖母不畏周遭環境的變遷，讓自己的淚水換為愛心懸吊在滿棚絲瓜，一顆又一顆的牽掛著旅外的家人，是小鳥「無心」也許是

有意，自然長在後院的木瓜樹果實累累，有一半用來涼拌消暑，長在頂端摘不到的，就留給一直是這塊土地主人之一的鳥兒和松鼠們。

淇竹也觀察到「市場內外人聲鼎沸」（〈北投市場〉），獨缺先住民的蹤影，遺留下來的是風光一時酒家美餚轉換成肉羹、春捲一般百姓人家的食譜，這才是現今樸實的「北投」。從絢爛歸於平靜，俯瞰臺北盆地夜空，「暑氣炙燒一盞盞／夜歸者的心」，其實更可以感受的到作者殷切的期待著「夜歸者」的心（〈天臺之夜〉）。

之一：遺忘，曾一夜風華

櫻花燻落
北投地熱向春季
招手
告別旅人散步影子
夜，悄然渲染溫泉街

天空混合
一杯紅茶
一碗溫泉麵
一陣陣硫磺
一盞盞黃燈

街道三輪車痕
點亮北投街區的繁華
那年，年輕仕女
如飽滿櫻花
綻放旅店裡裡外外

那卡西樂曲迴旋
轉開北投街區的音響
那年，走唱藝人
如匆忙旅客
尋找旅店大街小巷

天空混合
一杯紅茶
一碗溫泉麵
一陣陣硫磺
一盞盞黃燈
遺忘，曾一夜風華

之二：關渡平原

遠望

地平視野

稻田整齊排列

從土壤併發的青翠

向建物一棟棟

怒吼

之三：菜園

梅雨　滴……滴……
落到了菜園
祖母連日的辛勤
絲瓜、黃瓜、空心菜
淚水　淹滿田埂

梅雨　嗒……嗒……
落到了心田
祖母日夜的牽掛
遠赴舊金山之年歲
雨水　咽噎傳來

之四：木瓜樹

美麗木瓜樹
來自哪隻小鳥無心
植在後院，結果
累累果實
青綠逐漸橙紅
仲夏季節
涼拌木瓜絲，消暑
木瓜排骨湯，清新
木瓜切塊冷盤，甜蜜
秘戀也不知不覺
綻放美麗

之五：後花園

依循山坡
往上
林蔭秘境
幽靜，無人聲
偶有小貓一兩隻
柚子花
悄然傾訴芬芳
整個季節
白鷺鷥錯身
淡水河溼氣，振落

老鷹低空道早安
蛙鳴鼓噪入深夜

花園埋藏城市
最後一片
寂靜

之六：關渡大橋

豔麗紅

跨越八里與關渡

八百里

瞬間接起

淡水左右岸

無懼日曬雨淋

時時刻刻

展現，強韌之心

之七：櫻花季

櫻花樹，冷冬最後一夜
綻放光彩
鮮桃紅，爭豔身旁路樹
可惜臺北春季
雨落滴滴嗒
桃紅花凋零，瞬間
短暫之生
小鳥休憩時，佇足

之八：開往淡水列車

捷運快速把人輸送
往淡水
假日，天晴
擠滿吵雜耳語

列車依舊行駛
火車燃燒煤
開往記憶列車
停靠石牌、忠義，竹圍
倒退28年
逆駛時間軌道
抵達淡水
終站

火車快速把人輸送
往淡水
假日，天晴
擠滿濃烈煤油

之九：北投市場

市場內外
人聲鼎沸
叫賣，穿梭自如
主婦挑揀
為一桌飯菜
增色
燒臘，果凍雞，肉羹
魚丸，炒飯麵，春捲
北投市場
發薪日開始
鼎沸，逐日削弱

之十：天臺之夜

天臺之上，俯瞰
臺北點燃一盞盞
夜歸者的心

寂靜，暈染
夜喧囂
夜歸者追尋
黎明前
倒數片刻

夏夜與風，告別
留下悶熱汗臭
暑氣炙燒一盞盞
夜歸者的心

附錄1
英譯詩選

王清祿譯／Translated by WANG Ching-lu

淡水夜景

小咖啡店吧檯
仰頭看夜空
耀眼星子
掉落卡布奇諾中，溶化

秋風徐徐
淡水河畔已將喧囂
抹去

夜，從義式咖啡機
一滴一滴
落入咖啡杯
撫慰
失眠的異鄉客

Tamsui Night Scene

At the bar in a small café,
The stranger looks up at the night sky,
Twinkling stars
Falling into the cappuccino coffee, melting.

An autumn breeze drifting along,
The riverside Tamsui has the hustle and bustle
Blown off.

The night, dropping into the coffee cup
From the espresso machine,
One drip after another,
Comforts
Sleepless strangers.

淡水老街

四溢香味
煎，煮，炒，炸
瀰漫街頭巷尾
倚靠淡水海風

眾多遊客的相機
來來去去
清晰，模糊，特寫，遠景

夕陽沉默觀望
忍受騷動
清晰，模糊，特寫，遠景

不斷翻新的
街頭巷尾

Tamsui Old Street

The delectable smell emanating from
Pan frying, cooking, stir frying, and deep frying
Wafts through the streets and lanes.
Against Tamsui's sea wind,

Countless tourists with cameras
Come and go, snapping pictures
Clear and blurred in close and distant shots.

The sunset is watching in silence,
Enduring the bustle.
Clear and blurred in close and distant shots.

The ever-morphing
Streets and lanes.

瓦爾帕萊索山城

沿瓦爾帕萊索山城

尋訪歷史味覺

倚靠海洋深藍淺綠

眺望港灣故事遺跡

鼎沸人聲

山坡之上

山坡之下

侍者端出一道道鮮魚料理

智利風食材

安慰曾逃離西班牙內戰難民

那一年，我們上岸時

撫平曾驚恐智利內戰人民

那一年，我們淪陷時

也撫慰曾經歷

恐怖時代臺灣詩人

那一年，許多無故失蹤者

我們歷歷在目

Valparaiso Mountain City

Along Valparaiso Mountain City
We were searching for its historical flavor.
Against the dark-blue, light-green backdrop to the ocean,
We viewed the remains from afar alluding to the harbor's story.
The hustle and bustle
Up the hillside,
Down the hillside.
The waiter served dishes, one after another, of fresh fish
Flavored with Chilean ingredients,
A solace to refugees fleeing from the Spanish Civil War.
That year, when coming ashore, we soothed those who
Had gone through the horror of the Chilean Civil War.
That year, when losing,
We consoled Taiwanese poets who had suffered
During the period of the White Terror.
That year, many people went missing for no reason at all.
We vividly remember it.

附錄2
代名詞和標點問題：
英譯詩人楊淇竹的三首詩

王清祿

　　漢詩英譯（或「中詩英譯」、「華文詩英譯」）的挑戰很多，其中有兩個，就是代名詞和標點，不論是古詩還是現代詩都一樣。詩人楊淇竹的三首詩〈淡水夜景〉、〈淡水老街〉、〈瓦爾帕萊索（Valparaiso）山城〉就是典型的例子。

代名詞英譯問題

　　中譯英翻譯界一向認為中文代名詞有時非常棘手，因為比起英文代名詞的使用頻率，中文代名詞相對少很多；這是因為中文的主詞常常在下一個句子突然消失（這和拉丁文一樣，但拉丁文可以從動詞的變化看出被省略的主詞是單數還是複數、是陰性還是陽性、是哪個時態等等線索）；而英文則用代名詞取代。如果在同一個句子，英文常常省略該主詞，當然，代名詞也不用，方法是用助動詞、倒裝、連接詞、分詞構句、對稱結構（parallelism）、或同位格等（英文文法大部分的是源自拉丁文）。這種情況在新聞體、散文、以及小說很常見：因為省字、簡潔有力。

　　但詩更棘手，因為不論漢詩還是英詩都很濃縮，有時文意呈現斷裂不連貫、能支援解讀的線索少，所以限制更多，既然限制多，就表示困難也多——而且難度更大。有兩個基本難度：一、即使中文讀者有時也不容易讀懂中文詩的代名詞指涉，尤其是古典文言文詩，就算白話文的現代詩也一樣有難度。二、翻譯成英文詩更難，第一個原因是句子結構問題（syntax /sentence structure），如倒裝、省略、不成規的

文字安排、語意跳躍。其次是受制於詩的形式限制（poetic form），包括行數、韻律、押韻、字序。因此，就形式而言，英文譯本盡可能貼近原文中詩的形式，就如同唐裝到了美國，必須修改，但形式仍是唐服。反之亦然，洋人的西裝來到臺灣，尺寸一定要修改。相較之下，散文就相對降低很多限制，譯者就比較有迴旋的空間。

英譯的第三首詩〈瓦爾帕萊索（Valparaiso）山城〉就是很好的中譯英代名詞棘手的例子（取自筆者在2016年5月16日回應作者的電郵附件，有做些修改。每一行最後面的阿拉伯數字是該詩的行數）：

侍者端出一道道鮮魚料理　　8

智利風食材　　9

安慰曾逃離西班牙內戰難民　10　「安慰」的意義上主詞（執行這個動作）是：（1）侍者。（2）現在正在吃東西的「我們」，可解釋為「同屬西班牙內戰難民」。（3）這頓豐盛的智利料理。從後面第11行的「我們」看出（2）才是最接近指涉的對象。

那一年，我們上岸時　　　11　　「我們」指：（1）當時「逃離西班牙內戰的難民」。（2）正在吃東西的「我們」。（1）和（2）兩者相容合一。

撫平曾驚恐智利內戰人民　12

那一年，我們淪陷時　　　13　　「我們」指：（1）當時「逃離西班牙內戰的難民」。（2）正在吃東西的「我們」。（3）智利內戰人民。第（3）的解釋較不合理。因為第13行的「我們」是第11行裡「我們」的延續。

也撫慰曾經歷　　　　　　14
恐怖時代臺灣詩人　　　　15
那一年，許多無故失蹤者　16　　「失蹤者」指臺灣某些詩人。

我們歷歷在目　　　　　　17　　「我們」指：（1）當時「逃離西班牙內戰的難民」。（2）正在吃東西的「我們」。

合併成兩段半散文編排（加上楊淇竹給的標點），有助
於釐清詮釋上的問題：

沿瓦爾帕萊索山城尋訪歷史味覺。
倚靠海洋深藍淺綠，眺望港灣故事遺跡。
鼎沸人聲，山坡之上，山坡之下。
侍者端出一道道鮮魚料理，智利風食材，〔我們〕安慰
曾逃離西班牙內戰難民；
那一年，我們上岸時撫平曾驚恐智利內戰人民；
那一年，我們淪陷時也撫慰曾經歷恐怖時代臺灣詩人；
那一年，許多無故失蹤者，我們歷歷在目。

　　幸好，代名詞「我們」從頭到尾指的都很一致，指「逃
離西班牙內戰的難民」和正在吃東西的「我們」。即使沒有標
點符號，經過仔細的分析還是能確認。所以譯者（如我）必須
先完全釐清中文代名詞的指涉問題，才能下筆翻譯；至於英文
代名詞問題暫時不再多做討論，因為將前面的解說和英文譯本
對照不難*理解*英文翻譯的代名詞問題。
　　若是作者無意中留下模擬兩可的代名詞指涉，譯者還是
要跟著模糊回去，這就要在英文句子下功夫，絕不可以想替作
者*解決*問題。若是說明文或論說文，那麼譯者就可以行使裁量
權：有沒有必要修改代名詞，好讓讀者清楚文意，否則讀者或
出版商會怪罪譯者翻譯的不好，卻不去怪作者。但是文學作品
翻譯不一樣，譯者不應想替作者*收拾善後*，因為作者也許刻意

留下模糊的空間（不管他有沒有這樣想，我們無從得知，作品才是依據），原文要讓讀者有想像的空間，譯者也應跟進：原文模糊三分，譯文也一樣模糊三分。

代名詞指涉若不明確，那麼譯者就責無旁貸，必須要有*明確*的翻譯策略因應這種挑戰，絕不可以迴避而*硬翻*。譯者必須經過仔細的推敲，然後研判該代名詞的指涉可能為何：一、僅指涉某個名詞或事件。二、可能指涉兩個（或以上）。三、可能是不穩定的（inconsistent）狀況，前後不一。後現代小說特別喜歡和讀者／譯者玩這種遊戲，它要告訴讀者，語言文字是不可靠的，不要相信新批評（New Criticism）和結構主義（structuralism）的那套說法就認為符號的指涉是穩定的、固定的、明確的。所謂的「符號」包括字的意義、象徵、意象、比喻等指涉的對象。所以譯者必須也是精明的讀者，他必須細讀（read closely）文本，精準地掌握文意，就如同律師和法官審視法律條文和訴狀，他要梳理哪些是確定可用的證據，哪些是不確定的、模糊的，以及模糊的範圍有多大，太大就偏離中心（確定意思）越遠，那麼證據力就越薄弱，語意就更不確定。

標點問題

譯到目前為止，楊淇竹的詩作大多沒有明確的標點，尤其是句點，這也是一種風格，我必須盡可能追隨它。沒有標

點的詩有時很難懂，我的解決方式是：假設我根本無法找到作者解釋，即使我可以用各種方式問她，如當面問她，或透過電郵、電話、社交媒體（如簡訊、Line、Facebook、Tweeter等），這些儘可能不用。這就是西方文藝理論所謂的「作者已死」概念（the death of the author），再說，作者若是不在人間，我們如何去問他呢？在完成作品那一瞬間起，作者的*絕對解釋權*立刻消滅，所以解釋權必須下放給讀者，作品和作者脫鉤，這是*當前*的文學理論概念。換言之，即使是作者也不可以壟斷解釋（權），這是一種民主概念，後結構主義（post-structuralism）和讀者反應理論／批評（reader-response theory/criticism）就是強調讀者詮釋權的地位和角色。

問作者一定有用嗎？但案是未必。有時作者對自己的作品解釋或分析不一定比讀者周延，尤其讀者就是譯者的時候，因為他要對翻譯負責。這次我用電郵問了作者楊淇竹，如何用標點將〈瓦爾帕萊索（Valparaiso）山城〉的詩行斷句以測試我的閱讀有沒有問題，作為參考。當然她的答覆大多很有幫助。但是有些較棘手的地方我還是沒有完全解決，這是因為我是譯者，我看的問題有些可能和作者不同，要不然就是我的閱讀出了問題。最後我還是一行一行分析（見前面的解說）。楊淇竹的風格的確讓我領悟到，我還必須努力學習（她的）中文，尤其是提升閱讀中文的能力。

「作者」和讀者的關係就如同李家同教授在《大量閱讀的重要性》（臺北市：博雅，2010）所持的看法：有時連作者

自己都沒料到讀者竟然解釋的比他好。這並不是說我的解說就一定比作者好，這是因為作者只負責創作，創作的當下他不一定需要考慮解釋的問題，作者要關心的是作品是否能打動人心、作品是否美等等。

　　不過，若是作者還活在人間，他的解釋權不應該被剝奪，雖然他的壟斷權被取消。作品完成之後，作者的身份就變成自己作品的讀者，他的詮釋等同你我讀者一樣平等，都必須接受公評。所以好的創作者不一定等同於好的藝評家（反之亦然）。這三首詩標點很少，很多可能是句點的地方都被省略掉，造成在釐清代名詞和標點的過程中頗費功夫（也許是我的中文還需加強），從前面的分析就可以看出。所以，身為譯者的我還是必須負起終極的責任；即使可以找到作者，也不可妄想完全依賴作者親自解答。

結語

　　不論是代名詞問題、還是標點的省略，都讓我深深體會到，國語是中文的我還是得*重新學習中文*（注意是「國語」，不是「母語」，我的母語是河洛語／閩南語，大部份的華人，包括中國大陸的，母語不是北京話的人遠多於母語是北京話）。需重新學中文是因為文學作品最突顯的特色之一就是風格，每一種風格就是不同的語言表達方式。也就是說，每一次翻譯不同作者的作品就是學習不同的*語言*。試

問：要當一位稱職的中譯英譯者，自己的中文夠好嗎？（還有英文！）。這個問題還不包括譯者必須具備的語言符碼切換（code switching）能力（英譯中、中譯英的熟練度）、文學素養等。會講、會寫中文不代表會寫出好的中文文章。古往今來，文學作品就是文學作品，詩就是詩，它們不同於一般語言，世界各國文學都一樣。再者，文學和詩的翻譯所面臨的困境永無止境，這是譯者應有的認識，他必須勇於承擔、不斷學習、謙虛、樂在其中、並能勝任愉快，才能對得起作者、作品、和讀者。[*]

[*]致謝：

感謝作者楊淇竹提供標題修改：《代名詞和標點的問題：詩人楊淇竹的三首詩譯後心得》，比我原先的好多了。還有對一些細節的建議都很有用，在此一併致謝。

含笑詩叢12　PG1726

 夏荷時節
　　　——楊淇竹詩集

作　　　者	楊淇竹
責任編輯	徐佑驊
圖文排版	周妤靜
封面設計	王嵩賀

出版策劃	釀出版
製作發行	秀威資訊科技股份有限公司
	114 台北市內湖區瑞光路76巷65號1樓
	電話：+886-2-2796-3638　傳真：+886-2-2796-1377
	服務信箱：service@showwe.com.tw
	http://www.showwe.com.tw
郵政劃撥	19563868　戶名：秀威資訊科技股份有限公司
展售門市	國家書店【松江門市】
	104 台北市中山區松江路209號1樓
	電話：+886-2-2518-0207　傳真：+886-2-2518-0778
網路訂購	秀威網路書店：http://www.bodbooks.com.tw
	國家網路書店：http://www.govbooks.com.tw
法律顧問	毛國樑　律師
總 經 銷	聯合發行股份有限公司
	231新北市新店區寶橋路235巷6弄6號4F
	電話：+886-2-2917-8022　傳真：+886-2-2915-6275

| 出版日期 | 2017年4月　BOD一版 |
| 定　　價 | 220元 |

國家圖書館出版品預行編目

夏荷時節：楊淇竹詩集 / 楊淇竹著. -- 一版. --
臺北市：釀出版, 2017.04
　　面；　　公分. -- (含笑詩叢；12)
　BOD版
　ISBN 978-986-445-190-6(平裝)

851.486　　　　　　　　　　　　106003156

讀 者 回 函 卡

感謝您購買本書，為提升服務品質，請填妥以下資料，將讀者回函卡直接寄回或傳真本公司，收到您的寶貴意見後，我們會收藏記錄及檢討，謝謝！
如您需要了解本公司最新出版書目、購書優惠或企劃活動，歡迎您上網查詢或下載相關資料：http:// www.showwe.com.tw

您購買的書名：＿＿＿＿＿＿＿＿＿＿＿＿＿＿＿＿＿＿＿＿＿＿

出生日期：＿＿＿＿＿年＿＿＿＿＿月＿＿＿＿＿日

學歷：□高中 (含) 以下　　□大專　　□研究所 (含) 以上

職業：□製造業　□金融業　□資訊業　□軍警　□傳播業　□自由業
　　　□服務業　□公務員　□教職　　□學生　□家管　□其它＿＿＿＿

購書地點：□網路書店　□實體書店　□書展　□郵購　□贈閱　□其他

您從何得知本書的消息？

　□網路書店　□實體書店　□網路搜尋　□電子報　□書訊　□雜誌
　□傳播媒體　□親友推薦　□網站推薦　□部落格　□其他＿＿＿＿＿＿

您對本書的評價：（請填代號　1.非常滿意　2.滿意　3.尚可　4.再改進）

　封面設計＿＿＿　版面編排＿＿＿　內容＿＿＿　文／譯筆＿＿＿　價格＿＿＿

讀完書後您覺得：

　□很有收穫　□有收穫　□收穫不多　□沒收穫

對我們的建議：＿＿＿＿＿＿＿＿＿＿＿＿＿＿＿＿＿＿＿＿＿＿

＿＿＿＿＿＿＿＿＿＿＿＿＿＿＿＿＿＿＿＿＿＿＿＿＿＿＿＿＿＿＿

＿＿＿＿＿＿＿＿＿＿＿＿＿＿＿＿＿＿＿＿＿＿＿＿＿＿＿＿＿＿＿

＿＿＿＿＿＿＿＿＿＿＿＿＿＿＿＿＿＿＿＿＿＿＿＿＿＿＿＿＿＿＿

11466
台北市內湖區瑞光路 76 巷 65 號 1 樓

秀威資訊科技股份有限公司　　　收

BOD 數位出版事業部

....

（請沿線對折寄回，謝謝！）

姓　　名：_____　年齡：_____　性別：□女　□男

郵遞區號：□□□□□

地　　址：_____

聯絡電話：(日) _____　(夜) _____

E-mail：_____